LK 8 215

NOUVELLES

OBSERVATIONS

sur

LA COLONISATION D'ALGER.

NOUVELLES OBSERVATIONS

DE

M. LE MARÉCHAL CLAUZEL,

SUR LA COLONISATION

D'ALGER,

ADRESSÉES A M. LE MARÉCHAL, MINISTRE DE LA GUERRE, PRÉSIDENT
DU CONSEIL.

Paris.

IMPRIMERIE SELLIGUE,
RUE MONTMARTRE, N° 131

1833.

NOUVELLES

OBSERVATIONS

SUR

LA COLONISATION D'ALGER.

Lorsque, dans le mois d'octobre 1830, je proposai au Gouvernement de coloniser Alger, je m'étais fait d'abord toutes les objections dont les adversaires de la colonisation ont entretenu les deux Chambres. Mais, après un examen long et consciencieux, je n'avais pas tardé à reconnaître que nul obstacle insurmontable ne s'opposait à l'exécution de cette vaste et belle entreprise.

En effet, il résulte de tous les discours prononcés à ce sujet que les deux seules objections qu'on puisse raisonnablement présenter sont — les dispositions hostiles des populations et l'état d'insalubrité du pays.

Il ne me sera pas difficile de démontrer que l'on peut, et comment on peut résoudre ces deux difficultés dont on a, du reste, prodigieusement exagéré l'importance.

Les dispositions peu amicales des Arabes sont faciles à expliquer. Ces barbares nous détestent comme ils détestaient les Turcs, parce que, comme ces derniers, nous occupons un pays qui est à leurs yeux le patrimoine de leurs ancêtres, et la haine qu'ils nous portent s'augmente naturellement de toute la ferveur du préjugé religieux. Mais, en dépit de cette barrière qui existe entre les Arabes et nous qu'ils appellent *infidèles*, il y a cependant eu des rapprochemens. Nous avons des partisans influens dans la Régence, parmi les sectateurs de Mahomet. A Médéah, et dans d'autres circonstances, des Arabes n'ont-ils pas combattu sous notre drapeau ? N'avons-nous pas compté quelques tribus parmi nos alliés? Pourquoi ce qui a déjà eu lieu ne se reproduirait-il pas encore? Pourquoi ce que l'on pourrait appeler une exception ne deviendrait-il pas une règle générale? Il ne faut qu'une chose pour cela : proclamer hautement et prouver par nos actes que nous voulons garder et coloniser Alger. Si l'on agit ainsi, les Arabes, les Maures et les Juifs qui sont bien disposés à notre égard n'hésiteront pas à se prononcer, tandis que, dans la position actuelle, ils craignent de passer pour partisans des Français, ce qui serait un titre certain de proscription dans le cas où nous viendrions à évacuer le pays.

Quant aux Arabes qui, par fanatisme ou pour toute autre cause, s'obstineraient à demeurer nos ennemis, lorsqu'ils seront bien convaincus que la colonisation est chez nous un dessein formellement arrêté dont rien ne peut nous faire départir, ils plieront devant notre ferme volonté, comme ils pliaient devant celle des Turcs. Le fatalisme oriental leur fournira des motifs de résignation, et ils ne manqueront pas de se retrancher derrière leur phrase habituelle : *Cela était écrit là-haut!* Ils en étaient à ce point après la conquête d'Alger, et aussi après l'expédition de Médéah (1830). Sans la fâcheuse indécision qui a toujours présidé depuis aux actes du Gouvernement, ils ne seraient pas revenus à l'espérance de nous voir évacuer le pays, espérance soigneusement entretenue par certaine puissance africaine et par plusieurs agens diplomatiques étrangers.

On a dit que si nous voulions coloniser Alger il faudrait exterminer les naturels, comme les

Espagnols ont exterminé les Maures et les Mexicains. Ce que je viens de dire répond suffisamment à cette objection. J'ajouterai seulement que l'exemple est bien mal choisi, car ce n'est pas par une nécessité politique, mais par fanatisme religieux que les Espagnols en ont agi de la sorte. Or, je ne pense pas que les Français poussent le zèle pour le catholicisme au point de faire éprouver le même traitement aux tribus arabes et berbères.

Bien que je croie à la résignation des habitans de la Régence, quand nous nous serons formellement prononcés, je ne prétends pas dire que de temps à autre les Bédoins ne viendront pas inquiéter nos colons. Peut-être même aura-t-on à déplorer quelques malheurs individuels. C'est ce qu'on voit encore dans les Etats-Unis; et nous ne trouvons pas que cette considération empêche la colonisation de marcher dans ce pays de l'est à l'ouest. La population, qui était de 3,600,000 en 1800, est arrivée depuis au-delà de 13,000,000. Dans les pays les plus civilisés, des attentats ont lieu contre les personnes et les propriétés, et si l'on fesait une comparaison sous ce rapport entre Alger et Londres, on arriverait à un résultat de statistique morale qui étonnerait ceux qui ne rêvent que pillages, vols, assassinats et incendies sur la côte d'Afrique. D'ailleurs, le système que je propose aura pour résultat de prévenir ces malheurs qui sont toujours déplorables, quel qu'en soit le petit nombre.

Nous arrivons maintenant à la grande objection des adversaires de la colonisation, l'insalubrité de la plaine de la Mitidja. Avant de parler plus particulièrement de cet objet, je ferai observer que l'insalubrité, quand elle est produite par des causes que les forces humaines peuvent faire disparaître, n'a jamais été un obstacle sérieux à la colonisation d'un pays.

S'il est une contrée insalubre, c'est assurément l'Amérique. Il est peu de points de ce vaste continent qui n'aient vu enlever par des maladies les premières populations qui étaient venues s'y fixer. Depuis, les travaux agricoles ont amené l'assainissement du pays, et les habitans actuels n'ont plus à combattre les influences délétères qui ont moissonné leurs prédécesseurs.

En 1818, j'étais à Mobile, pays qui sortait pour ainsi dire de dessous l'eau. La fièvre jaune, importée de la Havane, commença à exercer ses ravages le 2 septembre, et le 22 du même mois 2,200 habitans, sur 2,600 qui formaient toute la population, avaient cessé de vivre. Les eaux stagnantes étaient pour beaucoup dans cette effrayante mortalité. Aujourd'hui, les travaux d'agriculture ont fait disparaître la cause du mal, et il existe dans la ville de Mobile environ 15,000 individus. Cet état, qui ne produisait en 1818 que 15,000 balles de coton, en livre aujourd'hui 130,000 au commerce. Imitons en Afrique ce qui s'est fait en Amérique; imitation d'autant plus facile que les obstacles ne sont pas les mêmes.

Certes, l'insalubrité de la Mitidja, dont on a fait tant de bruit, est loin de pouvoir être comparée à celle dont je viens de donner l'exemple. D'ailleurs les causes de cette insalubrité sont parfaitement connues; et le dessèchement des marais ne tarderait pas à les faire disparaître.

J'ai prouvé dernièrement (1) que vers le commencement du XVIe siècle la Mitidja avait une population de près d'un million d'individus, qu'elle était couverte de tribus riches et industrieuses dont le chef fut choisi pour roi par les

(1) Voyez le *Moniteur* du 23 avril 1833.

Algériens. L'usurpation du corsaire Barbe-
rousse enfanta le système de violences et d'a-
vanies qui fut continué et augmenté depuis par
les bachas et les deys; et ce système eut pour
résultat l'éloignement des tribus que leur proximité d'Alger exposait plus particulièrement
à en être victimes.

La population de la plaine diminua donc
graduellement. Les eaux n'étant plus conte-
nues, dirigées par les travaux des hommes, se
déposèrent en vastes marécages sur les terrains
qu'elles fertilisaient jadis et devinrent une
cause puissante de maladies.

Quand on réfléchit à ces faits, et qu'on se
rappelle les expressions d'admiration que la
fécondité de cette belle plaine a inspirées à
tous les écrivains de l'antiquité et des temps
modernes, on a peine à comprendre ceux qui
viennent aujourd'hui affirmer à la tribune que
la Mitidja est condamnée par la nature à être
insalubre, et que sa fertilité est problématique!

J'ai indiqué (projet d'assainissement remis
au ministre de la guerre) ce qu'il y avait à faire
pour dessécher les marais. Ces travaux ne peuvent être entrepris dans cette saison. Ce n'est
pas ma faute s'ils n'ont pas été commencés de-

puis 1831. Il faut donc se résigner pour l'été de 1833, et s'attendre à avoir beaucoup de malades, moins cependant que les années précédentes, parce que le printemps n'a pas été pluvieux; mais en septembre ou en octobre prochain, on peut entreprendre ces travaux d'assainissement qui ne seront ni longs ni coûteux.

Au reste, les adversaires de la colonisation conviennent que si l'air est vicié dans quelques plaines, le climat est beau et généralement sain dans le reste de la Régence. Un tel aveu n'est pas sans importance de la part de personnes qui voient tout en noir; mais c'était un fait si bien établi qu'il n'y avait pas moyen de le nier. Dapper, qui a compilé les meilleurs ouvrages écrits sur l'Afrique, dit: *(Description de l'Afrique, p. 160.) L'air du royaume d'Alger est si tempéré que la chaleur de l'été ne sèche pas les feuilles des arbres et que la rigueur de l'hiver ne les fait point tomber* (1).

---

(1) On trouvera à la fin de cette brochure (note *a*), une lettre de M. Desfontaines, membre de l'Académie des Sciences et professeur de botanique ; elle confirme tout ce que j'avais avancé sur la fertilité et la salubrité de la Régence. J'aurais pu invoquer beaucoup d'autres témoignages aussi importans.

Pour terminer cette question si controversée de l'insalubrité de la Mitidja, je dirai que certaines parties de la France sont tout aussi malsaines que cette contrée de l'Afrique. Les côtes de la Méditerranée, surtout de Collioure à l'embouchure du Rhône, sont très insalubres ; les garnisons qui s'y trouvent placées y éprouvent des pertes d'hommes considérables par les maladies. Et cependant personne n'est venu proposer d'abandonner le pays.

Les côtes de la Bretagne, de l'ouest de la France en général, notamment des environs de Rochefort, nous inspireraient les mêmes réflexions. Les ressources que présente une civilisation avancée n'ont pu mettre ces localités à l'abri des influences morbides que nous avons signalées ; la Mitidja est dans une position bien autrement favorable ; car, avec peu de temps et de dépenses, elle serait délivrée des marais qui la rendent insalubre.

Si j'ai proposé de commencer la colonisation par cette plaine, c'est parce qu'elle est un point central, à proximité du Gouvernement, des magasins et du port, où tout peut être reçu, chargé, vendu ou expédié. Bone et Oran n'offrent pas le même avantage ; d'ailleurs la plaine de la Mitidja présente des moyens plus faciles et moins dispendieux de défense que Bone, où se trouve au reste un excellent général, homme très capable de coloniser, chose assez rare, trop rare en France (1).

D'autres personnes voudraient que l'on occupât d'abord le massif d'Alger et que l'on se bornât à coloniser sur ce point. Bien que j'adopte en partie cette idée et que je l'aie toujours émise, j'avoue que si l'on ne pouvait faire plus il vaudrait mieux abandonner le pays. Le

(1) Depuis qu'on occupe Oran et Bone avec des forces considérables, on a été à même d'apprécier tout ce que présentaient d'avantageux les dispositions que j'avais prises relativement aux Beyliks d'Oran et de Constantine. Qu'est-il résulté de tout ce qu'on a fait dans ces provinces? L'emploi de plus de huit mille hommes pour garder deux places et, par conséquent, un accroissement annuel de dépenses d'environ 6,000,000. Vit-on pour cela en meilleure intelligence avec les Arabes? Est-on plus maître du pays? Non sans doute; car on est attaqué à chaque instant. Les mesures que j'avais prises nous réservaient le beau rôle de médiateur, de pacificateur entre les Arabes et les beys. Chacune de ces provinces devait nous rapporter un million sans que nous eussions besoin d'y entretenir des troupes; et cela jusqu'au moment où il nous aurait convenu d'occuper nous-mêmes. Nous y dépensons maintenant six millions et des hommes, grâce à une susceptibilité de bureaux!

massif d'Alger donnera un peu de blé, des légumes, de la volaille et quelques bestiaux ; on peut y planter des oliviers, des mûriers ; et il est probable que cette contrée, depuis Matifoux jusqu'au Mazaffran (en y comprenant les côteaux de Sahell qui bornent au nord la plaine de la Mitidja et celle de l'Hajoute), rendrait annuellement près de 40,000,000 en soies et en huiles, puisque sa superficie surpasse 70,000 hectares. Mais, y a-t-il beaucoup de colons qui puissent attendre de vingt à trente ans le résultat de leur travail ? Ce terroir n'est pas propre à la culture du coton, de l'indigo, de la garance, du chanvre et des autres produits qui rendent beaucoup et en peu de temps ; vouloir les y obtenir, c'est demander des denrées coloniales à la butte Montmartre.

Comment, d'ailleurs, protégerez-vous ce pays qui partout est ouvert ? Les postes de défense ne doivent jamais être établis sur les maisons des colons ; c'est en avant et de loin qu'il faut protéger leurs travaux.

On va peut-être me dire que la ligne du petit Atlas présente le même inconvénient. Je sais que des hommes à pied peuvent descendre de ces montagnes presque de tous côtés, sans passer par les routes ou sentiers, comme cela se voit dans les Pyrénées et les Alpes; mais je sais aussi qu'une troupe nombreuse n'y passe pas vite, que les chevaux y marchent fort difficilement, que les chameaux n'y passent pas du tout et qu'ils sont obligés de suivre les chemins tracés; mais je sais encore que, lorsque les Arabes se mettent en campagne, ils conduisent avec eux leurs familles, portées sur des chevaux, des mulets ou des chameaux, et qu'une fois les postes que je propose établis sur l'Atlas, il leur sera très difficile d'échapper à notre cavalerie, s'ils entrent dans la plaine. Tous ceux qui ont combattu en Afrique connaissent ces faits aussi bien que moi.

Le massif d'Alger et la plaine de la Mitidja seront dans un état complet de sécurité, lorsque les forts que je propose auront été construits au pied de l'Atlas. Je dis au pied de l'Atlas, car sur les cîmes des montagnes ils ne serviraient à rien, et ne pourraient être approvisionnés sans des combats dans des positions qui ne seraient pas toujours favorables.

Des personnes graves, des membres des deux Chambres, des ministres même, ont pensé que puisque l'on ne savait pas coloniser, il suffisait d'occuper faiblement Bone, Bugie, Alger et Oran, et qu'en se bornant à ces quatre villes, on obtiendrait également tous les avantages d'un grand commerce entre Alger et la France.

Pour dissiper leurs illusions, je présente l'état du commerce d'importation et d'exportation d'Alger pendant l'année 1826 (1).

Il sera facile de voir, à l'inspection de ce tableau, que se borner à l'occupation qu'on indique serait replacer le commerce de cette ville dans la position où il était avant la conquête, position défavorable, puisque la balance des exportations et des importations offre une différence de 3,366,800 fr. au détriment de la Régence.

J'arrive maintenant au système de défense. J'ai dit dans mon projet qu'il fallait entourer la Mitidja de forts placés à l'entrée des gorges de l'Atlas, de manière qu'ils eussent le double avantage de commander les issues de ces débouchés et de pouvoir correspondre entre eux à l'aide de signaux. Au lieu de tours en maçonnerie ou de blockhaus, je voudrais des mai-

(1) Voyez la note *b*, à la fin.

sons à la turque, élevées de deux étages au-
dessus du rez-de-chaussée, ayant une terrasse
au lieu d'un toit, et une galerie extérieure
saillante au deuxième étage, afin de disposer,
par ce moyen, de plusieurs rangs de feux, et
surtout de feux plongeans. Le premier étage
recevrait une pièce de canon. La maison serait
entourée d'un bon retranchement ou d'un
mur, et on placerait un obusier au rez-de-
chaussée (extérieurement, bien entendu). La
garnison de chacun de ces forts serait de cent
hommes. Mon projet présente en tout onze de
ces maisons retranchées.

Avant de travailler à les construire, je com-
mencerais par l'établissement du village de
l'Hamise, où je réunirais tous les moyens d'action pour lui faire une enceinte. On creuserait
un très large fossé, et les terres qui en sorti-
raient serviraient à élever le mur d'enceinte
et une banquette derrière ce mur. La forme de
ce village serait un carré de 200 toises sur
chaque face, flanqué d'une tour aux quatre
angles saillans (1). Comme on possède des
blockhaus, qu'on pourrait y porter pour pro-

(1) Voyez la note c, pour le détail de la construction de
ces villages.

téger le travail et en assurer l'exécution contre toute entreprise des Arabes, il est hors de doute que l'opération entière serait terminée en très peu de temps.

C'est alors seulement que je ferais occuper Blida (1) par 2,500 hommes; dont 3 bataillons d'infanterie, 200 chevaux et une batterie d'artillerie de campagne. Je ferais sur-le-champ travailler à deux tours en maçonnerie au-dessus de cette ville, chacune pouvant renfermer 60 hommes, et qui auraient pour objet de contenir les tribus de Béni-Sala et Béni-Missara, et les empêcher de couper les eaux qui alimentent Blida. Par l'effet de cet construction, la brigade cantonnée dans cette endroit pourrait toujours avoir un corps disponible de 1800 hommes au moins pour courir la campagne.

Les postes de la *Chiffa*, de *Mouzaïa*, de la route d'*Oran* et de l'*Ukil Hajoute* dépendraient

(1) Il y a beaucoup de maisons à Blida; et il faut préférer l'emplacement actuel de cette ville à celui qu'on voulait lui donner un peu plus loin dans la plaine. On ne devrait construire que des maisons basses à cause de la fréquence des tremblemens de terre. Les gros arbres, les pins des montagnes de Beni-Sala et des environs du col de Téniah; les chê-

de la brigade de Blida. Les fermes de l'Ukil Hajouté et de Mouzaïa peuvent, sans beaucoup de dépenses, être mises en état de recevoir garnison. Mais je voudrais que le poste de Mouzaïa fût établi près de la rivière, et même sur un monticule qui la domine ainsi que le Marabout, si la rivière toutefois n'est pas hors de la portée de fusil. Ce monticule serait un excellent point, car je me rappelle qu'il commande toute la plaine de la Mitidja et celle de l'Hajoute qui en est la continuation.

Sur la rive gauche de l'Aratch, il faudrait une brigade de même force que celle de Blida, à peu près à distance égale de cette ville et du nouveau village de l'Hamise. Elle serait logée dans une bourgade semblable à ce village. Quatre tours, renfermant chacune 60 hommes, défendraient la position, permettraient de disposer de la brigade et de la mobiliser au besoin. Celle-ci serait chargée en outre de protéger la construction des forts de la vallée de l'Aratch entre Beni-Moussa et Beni-Missara.

nes verts des montagnes de Mouzaïa, sont des ressources qui pourront être utilisées dans les constructions. Il est probable que Blida sera un des points qui ne tarderont pas à être peuplés de colons venus d'Europe.

et, conjointement avec la brigade de Blida, le fort de la route de Médéah à Alger qui traverse cette tribu.

La troisième brigade serait dans le village de l'Hamise, et sa force serait égale aux deux autres. Les postes de El-Kadarach et celui de la route de Constantine seraient occupés par elle. Quant à celui de l'embouchure du Kadarach, rien ne presse de l'établir, attendu que les Arabes ne s'exposeraient pas à se réunir en nombre dans cette partie de la Mitidja. On y pourvoira plus tard.

Je placerais une réserve de 3,000 hommes sur le versant sud du massif d'Alger, en face de la ferme du bey d'Oran. Elle verrait les trois brigades, l'Atlas et toute la Mitidja de l'est à l'ouest, et il ne resterait à Alger qu'une garnison suffisante pour le service de la place et les communications avec Blida, l'Hamize et l'A-ratch.

Matifoux doit être gardé par la garnison d'Alger et approvisionné par mer. Les postes de la Maison-Carrée et de la Ferme expérimentale (1) doivent être également fournis par cette ville.

(1) Voyez la note *d*, à la fin.

2

Dans tous les avant-postes on ferait bien de placer des Zouaves. C'est un excellent moyen d'établir des communications avec les Arabes; et ces relations fréquentes ne contribueraient pas peu à calmer l'irritation qu'excite toujours au premier abord la présence d'étrangers sur le sol de la patrie. Les milices algériennes deviendraient ainsi la transition, le chaînon qui peu à peu rattacherait la population à nous.

Il s'agit maintenant de traiter la question de l'emplacement des forts et des postes. Il y a plusieurs et de très belles maisons de campagne au pied de l'Atlas, et elles sont à vendre. Le Gouvernement devrait les acheter, ou, mieux encore, les faire acheter par des tiers, afin de ne pas courir le risque d'acquérir à des prix trop élevés. Je ne doute pas que, moyennant 20 ou 25,000 fr. de rente, on obtienne plusieurs grandes propriétés suffisantes pour y loger beaucoup de troupes. On pourrait concéder ensuite, au même titre et pour le prix d'acquisition, les terres dépendantes de ces maisons, soit à des soldats qui s'établiraient dans le pays, soit à des colons paysans venus d'Europe.

D'après les dispositions que je viens de développer, je disposerais de 7,500 hommes pour la ligne de Blida à l'Hamise, servant à couvrir toute la plaine de la Mitidja, depuis la route de Constantine jusqu'à celle de Cherchell, en suivant le pied du petit Atlas.

De 17,000 hommes renfermés dans Alger, il n'en resterait plus que 9,500 sur lesquels on pourrait retirer encore la réserve de 3,000 h, dont j'ai parlé plus haut, 2,500 hommes d'infanterie dans la place suffisent amplement, surtout lorsque les autres troupes tiennent la campagne. La discipline n'aurait plus à souffrir d'une trop grande réunion de soldats oisifs.

Je crois devoir recommander d'augmenter la force de la cavalerie dans la plaine d'Alger; il y faudrait quinze cents chasseurs algériens et quatre escadrons arabes. On a dans ce pays un bon officier français, M. Marais, véritable Arabe, connu et aimé de tous les Arabes; qu'on sache en tirer parti; il ne demande pas mieux que d'être utile, et il peut l'être beaucoup.

Avant d'aborder la question de colonisation, il me semble nécessaire de répondre à une objection de M. le Ministre de la Marine, relativement à l'opération du dessèchement. M. de Rigny a dit qu'il était à craindre que lorsqu'on

2.

y travaillerait les ouvriers fussent attaqués par les Bédoins.

Je dirai d'abord que l'opération se fera par des hommes armés de leurs fusils, et que toutes les précautions militaires employées habituellement devant l'ennemi seront mises en usage. Je ferai remarquer aussi que, depuis la Maison-Carrée jusqu'à l'Oued-Kerma, on est à l'abri de toute attaque sur la rive gauche de l'Aratch. Si les fossés d'écoulement se font avant qu'on ait construit le village de l'Hamise et qu'on ait établi des postes sur l'Atlas, les mesures militaires ordinaires et les fusils des ouvriers suffiront, ainsi que je viens de le dire, pour mener heureusement ce travail jusqu'au bout.

Si, contre ma pensée, les fossés étaient creusés lorsque le pays serait déjà couvert par les troupes du village de l'Hamise et de Blida, il n'y aurait plus aucun danger possible. Cependant mon opinion est qu'il faut commencer par l'écoulement des eaux, au moins de la Maison-Carrée au confluent de l'Oued-Kerma avec l'Aratch. C'est un travail que trois mille ouvriers peuvent faire en moins de dix jours. On bâtira ensuite le village de l'Hamise plus ou moins rapproché de l'Atlas, sur la route de

Constantine; enfin on occupera Blida, ou bien on établira le camp ou village de l'Aratch sous la montagne de Beni-Moussa.

Par l'effet des dispositions militaires et des travaux de dessèchement que je viens d'indiquer, nous nous trouverons en possession d'une bien grande étendue de pays, en comparaison de l'espace étroit dans lequel nous sommes resserrés depuis trois ans sous les murs d'Alger. Ce que nous aurons alors à cultiver surpassera la quantité de terres en valeur que renferment nos colonies. Le tableau ci-après en fournit la preuve :

TABLEAU

DE LA SUPERFICIE DES TERRES EN RAPPORT AUX COLONIES
FRANÇAISES ET DE LEURS PRODUITS.

		PRODUCTIONS.	
		SUCRE.	CAFÉ.
A la Martinique. .	22,691 héct.	28,000,000 k.	975,000 k.
A la Guadeloupe..	31,309	36,000,000	1,020,000
A Bourbon.	24,100	12,000,000	1,600,000
Totaux :	78,100	76,000,000	3,595,000

TABLEAU

DE LA SUPERFICIE DES TERRES A METTRE EN RAPPORT A ALGER.

(Massif d'Alger, plaine de la Mitidja, et versant N. de l'Atlas.)

(Voir la carte).

—◆—

Massif d'Alger et du Sahell.	160,000 hectares.
Plaine de la Mitidja.	250,000
Versant N. de l'Atlas.	180,000
Total :	590,000

RÉSUMÉ.

Alger possède donc.	590,000 hectares.
Les colonies en ont.	78,100
Différence :	511,900

C'est-à-dire qu'il y a 7 fois 1/2 plus de terres à cultiver
dans cette partie de la Régence d'Alger, que dans nos trois
colonies.

Il s'agit maintenant de savoir comment nous peuplerons cette contrée. Cela dépend entiè-rement du Gouvernement. S'il prend de bon-nes dispositions, il inspirera la confiance, et l'on verra les hommes et les capitaux qui se portent annuellement en Amérique aller cher-cher à Alger des établissemens moins éloignés de l'Europe, sur un sol fertile et bien protégé. S'il adopte des mesures équivoques, emprein-tes d'indécision ou de timidité, l'émigration européenne continuera son mouvement vers ce nouveau monde; et la France dépensera beau-coup d'argent sans autre résultat que la vaine gloire d'avoir une province d'Afrique.

Si le Gouvernement veut utiliser sa conquête, qu'il ne tarde donc plus à s'expliquer. Alors des moyens bien simples se présenteront pour attirer les propriétaires et les cultivateurs. Il en viendra de toutes les parties de l'Europe; et, après leur libération du service, beaucoup de militaires demanderont à rester dans la Ré-gence. N'est-il pas raisonnable de penser que sur les 200,000 personnes qui émigrent tous les ans pour aller se fixer en Amérique, 20,000 au moins iront chercher fortune à Alger, si le Gouvernement s'occupe sérieusement de colonisation. Ne peut-on pas espérer que parmi les soldats dont le temps de service est expiré, il s'en trouvera un grand nombre qui se fixeront volontiers en Afrique, si on leur concède des terres qu'ils puissent cultiver? On pourrait les organiser en colonies militaires, et leur réserver pour cela des propriétés sur les débouchés de l'Atlas. Ils travailleraient sous la protection des forts de leurs villages. Leur proximité des Arabes amènerait des relations à la longue, et si des alliances finissaient par être contractées entre les diverses familles, si la fille du Bédoin épousait le colon ou le soldat, ce serait un puissant moyen de rapprochement entre les deux nations, car ces barbares ont en général une grande tendresse pour leur enfans (1).

Nos armées comptent beaucoup plus de prolétaires que de propriétaires ; et il est permis de croire que, sur 3,000 hommes qui reviennent d'Afrique chaque année, les soldats prolétaires préféreraient pour la plupart y rester avec la perspective d'acquérir une petite propriété, que de retourner en France pour n'y rien pos-

---

(1) Les Turcs de Bulgarie épousent des chrétiennes en dépit du préjugé religieux.

séder. On verrait ainsi la colonie s'augmenter,
tous les ans, d'un certain nombre de colons
militaires, auxquels on n'aurait à donner que
de la terre (environ 6 arpens par homme);
quelques instrumens pour la travailler et six
mois de vivres. Le Trésor serait bientôt couvert de cette faible dépense par l'élévation de
produit des droits de tout genre qui résulterait
de l'augmentation du nombre des colons.

Mais les adversaires de la colonisation préten-
dent que la France n'a pas de terres à donner aux
colons dans la Régence. Une personne appar-
tenant à l'administration disait, il y a peu de
jours, à deux députés qui lui parlaient d'Alger,
que le projet du maréchal Clauzel était impraticable, attendu que les terres de la Régence
appartiennent toutes aux Arabes. C'est un ar-
gument déjà présenté par M. Pichon qui pa-
raît y attacher beaucoup d'importance. Mais,
pour le réfuter, il suffit de faire observer qu'une
très grande partie de ces terres était la propriété de l'ancien Gouvernement (1), auquel
nous succédons naturellement, et qu'on peut
très bien en faire une concession gratuite, ou

(1) A titre d'achat, d'abandon ou de confiscation.

du moins peu onéreuse, aux colons, ainsi qu'on l'a pratiqué en Amérique, chose que M. Pichon ne peut ignorer, puisqu'il a séjourné dans ce pays. Il doit savoir qu'on a acheté des terres aux sauvages et qu'on les a revendues aux colons. Cette manière de procéder est conforme à la justice. Les Anglais n'ont pas pris toutes ces précautions dans la Nouvelle-Hollande, dont ils se sont emparés sans s'inquiéter des naturels, peu nombreux il est vrai.

Quant aux propriétés qui sont entre les mains des Arabes, ou ceux-ci consentiront à vivre avec les Européens, ou ils s'éloigneront. S'ils demeurent, tant mieux; la fusion dont nous avons parlé ne tardera pas à avoir lieu; s'ils se retirent, ils vendront leurs terres ou les abandonneront. Dans l'un ou l'autre de ces deux cas, les colons d'Europe les obtiendront à bon compte; et je pense qu'il leur est indifférent de les acheter des Arabes ou du Gouvernement. On ne conçoit donc pas que l'on ait attaché une si grande importance à un fait aussi simple. Il semble, à entendre les partisans de cette opinion, que je propose de spolier les habitans, de les chasser de la demeure de leurs pères, etc. Je n'ai jamais rien dit qui pût au-

toriser à concevoir de telles craintes. Je le ré-
pète, si les Arabes restent, c'est qu'ils consen-
tent à vivre avec nous ; et dès lors ils ne tarderont pas à subir l'influence de la civilisation.
Ils n'y seront pas plus réfractaires en Alger
qu'en Egypte. S'ils se retirent, il leur faudra
bien vendre leurs terres ou les abandonner :
ainsi, quelle que soit l'hypothèse qu'on adopte,
il n'en ressortira nullement l'impossibilité de
coloniser.

Pour en finir avec ces prétendues difficultés
d'acquérir des terres en Afrique, je rappelle-
rai la manière dont les propriétés s'achètent à
Alger. Il ne s'agit pas, comme en France, de
payer intégralement la valeur de la terre ou
de la maison. Moyennant une rente annuelle
proportionnée à la valeur de l'acquisition, on
devient propriétaire. Il n'est pas de colon,
quelle que soit l'exiguité de son capital, qui ne
puisse, grâce à ce mode d'achat, se mettre en
possession d'une étendue de terrain suffisante
pour y établir son exploitation. Certes, lorsque avec 100,000 francs le Gouvernement peut
acheter 100 et 200 lieues carrées, je ne con-
çois pas l'impossibilité dont on a fait tant de
bruit.

Ainsi la difficulté de coloniser ne vient pas de la difficulté de se procurer des colons, des capitaux; elle vient toute entière du silence que le Gouvernement s'obstine à garder sur ce grave sujet, et du peu de cas qu'il a paru faire de la colonie. Elle renferme cependant un immense avenir pour la France, sous le triple rapport de l'utilité sociale, de la puissance politique et de la richesse commerciale.

Et pourtant, il ne faut pas plus de dépense pour coloniser en occupant que pour occuper sans coloniser. Occuper sans coloniser, c'est se ruiner; coloniser, c'est s'enrichir : voilà des faits que personne ne pourra contester.

Tout le monde n'est pas propre à coloniser, je le sais; il est difficile de connaître ce qu'on n'a jamais appris, et il en coûte pour l'apprendre. Voyez ce qu'on a fait à Alger depuis trois ans, et, par ce qu'on a dépensé, calculez ce que l'on dépensera encore si l'on ne s'empresse de prendre un parti.

Qu'on se souvienne du mouvement imprimé à la colonisation en 1830 et au commencement de 1831! Ce mouvement peut se reproduire; mais il faut savoir le provoquer et surtout le vouloir.

Après avoir parlé de l'assainissement, de la défense et de la colonisation d'Alger, je dirai quelques mots sur la législation qu'il conviendrait d'adopter pour la Régence.

Je ne suis ni de l'avis de lui donner toutes les lois françaises, ni de les lui refuser toutes. Une grande partie peut lui convenir; mais c'est à Alger seulement qu'il est possible d'étudier les besoins judiciaires et administratifs d'Alger. Il faut approprier les lois aux individus sur lesquels elles doivent exercer leur action; il faut consulter les mœurs, le climat, les droits acquis, les préjugés mêmes des gens du pays, et ne pas leur imposer un frein que leur religion et leurs habitudes repousseraient. La population si mêlée de la Régence est un très grand obstacle sous ce rapport; mais le moyen de surmonter les difficultés n'est pas de n'en point tenir compte, comme on a fait jusqu'à ce jour.

Je pense qu'il serait à propos d'envoyer à Alger une commission peu nombreuse de jurisconsultes habiles, hommes d'Etat en même temps, pour y préparer avec le gouverneur les lois nécessaires à cette nouvelle possession de la France. J'avais, en 1831, l'intention d'entreprendre ce travail si utile et si pressant.

On devrait s'occuper tout d'abord d'organiser un tribunal civil qui jugerait d'après les
arrêtés rendus par le gouverneur, sur la pro-
position de l'intendant, le conseil colonial
entendu. Ce serait déjà un grand pas de fait
vers cette légalité qu'on réclame avec beaucoup de raison, et cela n'affaiblirait en rien
l'autorité du Gouvernement.

On devrait s'occuper aussi de la police d'Alger. On n'y surveille pas assez les malfaiteurs;
il en vient de tous les pays; et tandis que les
Bédoins dévastent la campagne, les bandits
européens exploitent l'intérieur de la ville.
Le peu de sévérité de la police encourage ces
désordres auxquels l'intérêt du commerce, la
sûreté des personnes et des propriétés exigent
que l'on mette un terme.

Une autre plaie de la Régence, c'est le fisc.
Dans l'excès de son zèle et dans sa manie d'im-
porter en Afrique les coutumes des bureaux
de France, il est le principal obstacle au déve-
loppement de la colonie. On ne saurait trop se
pénétrer de cette vérité, que la complication
dans les formes judiciaires et administratives,
et surtout les exigences outrées du fisc, sont les

choses qui révoltent le plus les naturels dans notre domination.

Alger doit avoir une administration qui lui soit particulière, et des lois faites pour le pays. Le gouverneur, soit qu'il sorte de l'ordre civil, de la magistrature ou de l'armée, doit réunir tous les pouvoirs, c'est-à-dire diriger toute l'administration de la Régence, tant que l'ordre de choses qu'on veut établir en Afrique sera en mouvement de création.

L'intendant civil, le chef de la magistrature, le commandant des troupes, celui de la marine, le directeur des finances, doivent composer le conseil du gouverneur. Là seraient délibérées toutes les opérations essentielles, pour être ensuite exécutées par les soins du chef qu'elles concernent plus particulièrement.

Mais tant que la soumission du pays ne sera pas effectuée, tant que la colonie ne sera pas créée, en un mot, tant qu'un peuple nouveau n'aura pas été constitué dans la Régence, le gouverneur ne peut être qu'un général; et il faudra qu'indépendamment de sa spécialité militaire, il ait une certaine capacité administrative, qu'il ne soit pas étranger aux connaissances judiciaires, et qu'il soit de plus homme politique. Toutes ces conditions sont nécessaires pour qu'il y ait *unité d'action*, chose nécessaire dans tous les Etats, et indispensable dans ceux qui commencent à naître.

En terminant ces considérations sur ce qu'il convient de faire en Afrique, je dirai que, quelle que soit la ligne de conduite que l'on adopte, il faut respecter les promesses faites aux Maures, aux Arabes et aux Juifs à l'époque de la conquête; car la bonne foi est toujours nécessaire, aux Etats comme aux particuliers.

Je crois utile, de rappeler à la fin de cet écrit l'ordre dans lequel les travaux d'assainissement et de défense doivent être exécutés.

1° Dès le commencement d'octobre prochain, il faut assainir depuis les environs de la Maison-Carrée jusqu'au-delà du confluent de l'Oued-Kerma avec l'Aratch (ce travail ne coûtera, pour l'espace compris entre l'Hamise et le Mazaffran, que 200,000 francs).

2° On bâtira les deux villages de l'Hamise et sur l'Aratch. Le fossé, le mur d'enceinte de chaque village avec ses huit tours, coûteront 36,000 francs. Les soldats construiront leurs barraques en pisé ou en torchis.

3° On occupera Blida par 2,500 hommes; on aura plusieurs pièces de campagne dans la ville et on bâtira les deux tours au-dessus, moyennant une dépense de 10,000 francs.

4° Une fois les trois brigades placées dans Blida, dans le village de l'Aratch et dans celui de l'Hamise, on s'occuperait de la construction des forts indiqués aux débouchés de l'Atlas. Je suis persuadé que les Arabes de la plaine y travailleraient eux-mêmes, si on savait s'y prendre pour les y engager, et leur faire sentir que c'est un moyen d'éloigner d'eux les Bédoins et les Cabiles, qui souvent ravagent leurs récoltes et enlèvent leurs bestiaux.

Ainsi l'exécution de tous ces travaux exigerait une dépense qui n'excéderait pas 400 et quelques mille francs, répartis de la manière suivante :

Dessèchement. 200,000
Neuf forts à 15,000 fr. chaque 135,000
Deux villages à 36,000 fr. chaque. 72,000
Deux tours au-dessus de Blida. 12,000

                                  Total. 419,000

Les Chambres accordent 600,000 francs au Ministre de la Guerre pour Alger; si on préle-

3

vait sur cette somme ce qui est nécessaire pour faire les travaux que je recommande, il resterait encore de disponible 181,000 francs que l'on appliquerait aux besoins de la colonie naissante.

Quand toutes les mesures que j'indique seront prises, les colons paysans ou militaires pourront cultiver sans danger, sans crainte, sur le massif d'Alger comme dans la plaine de la Mitidja. Alors, seulement alors, la colonisation sera véritablement commencée!

NOTES.

Monsieur le MARÉCHAL,

« Vous m'avez fait l'honneur de m'écrire pour avoir des renseignemens sur *Alger*, et vous m'adressez des questions auxquelles vous me demandez de répondre. J'ai résidé treize mois à *Alger* en 1784 et 1785; depuis un si long espace de temps, beaucoup de faits et de détails se sont effacés de ma mémoire. Je ferai cependant tous mes efforts pour vous satisfaire.

J'ai parcouru le royaume d'*Alger* depuis *Trémecen*, et au-delà dans le voisinage de *Maroc*; depuis *Alger* jusqu'à *Constantine* * et de *Constantine* à *Bone* et à *la Calle*. J'ai vu dans toute l'étendue de ces royaumes, et au milieu des montagnes, des plaines très fertiles ** et couvertes des plus riches

* Après avoir traversé un défilé de montagnes très étroit et très peu accessible, nommé Biban par les habitans, ou Porte de fer.

** Les pays les plus fertiles que j'aie vus sont au midi: la plaine de Bone, celles de Constantine; au sud-ouest et à l'ouest, les plaines de *Maïgna*, celles qui avoisinent le Chérif, celles des bords d'une autre petite rivière qui s'y jette où j'ai vu cultiver le riz; celle de *Habra* du côté d'Arzéau et des environs de Trémecen, etc.

3.

moissons. À l'époque où j'étais à *Alger*, il venait chaque année de *Marseille* plusieurs navires pour y faire des chargemens de blé, ainsi qu'à *Bone*, *Tédélis*, et *Arzéau* dans le voisinage d'*Oran*. Je pense que la conquête d'un aussi beau pays, si peu éloigné de la France, offrirait des avantages inappréciables, et qu'il serait malheureux qu'on abandonnât une conquête d'un aussi grand intérêt, et dont l'abandon pourrait tourner au profit de quelqu'autre nation puissante de l'Europe.

Vous me demandez, monsieur le maréchal :

1° *Si le desséchement des marais qui couvrent quelques parties de la Mitidja serait impraticable ?*

Je ne puis répondre positivement à cette question qui doit être résolue par les ingénieurs qui sont actuellement à Alger. Mais j'ai toujours entendu dire pendant que j'y résidais, que le desséchement de ces marécages était très possible. Ils sont malsains sans doute en été pour ceux qui habitent leur voisinage ; mais de mon temps ils n'avaient aucune mauvaise influence sur les Européens qui habitaient la ville d'*Alger* et qui avaient des maisons de campagne aux environs ; d'ailleurs il n'y a qu'une petite partie de la *Mitidja* qui soit marécageuse, et j'ai vu de très belles cultures d'orge et de froment dans différentes parties de cette immense plaine qui se prolonge de l'est à l'ouest.

2° *La salubrité du pays en général est-elle satisfesante ?*

Ce pays est très sain, et tous les étrangers qui l'habitaient de mon temps, ainsi que les indigènes, y jouissaient et y avaient toujours joui d'une bonne santé ; je n'ai entendu personne se plaindre de l'insalubrité du pays, si ce n'est dans quelques cantons, comme à la *Calle* où il y a des marécages et des eaux croupissantes.

3° Les plantes intertropicales sont-elles susceptibles d'être cultivées avec succès dans la plaine de la Mitidja ?

Je ne pense pas que toutes les plantes intertropicales puissent être cultivées dans cette plaine, mais quelques-unes seulement. Le coton herbacé ou de Malte (*Gossypium herbaceum*) de Linné dont j'ai vu de très grandes cultures aux environs de *Tunis*, et qu'on cultive dans plusieurs cantons de l'Italie, pourrait y réussir, ainsi que l'indigo connu sous le nom de *Fera Argentea Glauca*, que j'ai vu cultiver également avec avantage à *Tunis*, dans les plaines voisines de la petite ville de *Soliman*. On pourrait y essayer la canne à sucre, que l'on dit être cultivée avec succès dans l'Andalousie*. Je ne crois pas que la température soit assez chaude pour le café ; mais si on parvenait à s'emparer de la partie méridionale du royaume qui est beaucoup plus chaude, je ne doute pas qu'on ne pût y naturaliser la plupart des plantes intertropicales. Je crois qu'on pourrait cultiver avec un grand succès l'olivier et la vigne, sur les petites montagnes qui se prolongent entre la *Mitidja* et la Méditerranée, depuis *Alger* jusqu'à *Sidi-Feruch* et au-delà, et même le blé sur plusieurs pentes, et dans plusieurs vallons, après avoir enlevé les genêts épineux, et autres arbrisseaux inutiles qui les recouvrent.

4° Les sources et les eaux sont-elles assez abondantes dans la Mitidja pour les besoins de l'agriculture?

Je crois que les eaux de l'Aratch qui se jettent dans la rade d'Alger, celles des sources abondantes de Blida, ainsi que quelques autres ruisseaux ou petites rivières qui, plus à l'ouest, descendent des montagnes dans la Mitidja, étant bien dirigées pourraient suffire aux besoins de l'agriculture.

* De mon temps, on vendait à Tunis de belles cannes à sucre dans les marchés.

5° *Le caractère des habitans vous semble-t-il tel qu'aucun rapprochement ultérieur ne soit possible entre eux et des colons, et qu'il faille de toute nécessité les détruire pour occuper le sol ?*

Cette question est pour moi embarrassante. Je pense néanmoins que plusieurs tribus d'Arabes, qui habitent des contrées fertiles, pourraient s'accoutumer et même se soumettre au Gouvernement français, comme ils s'étaient soumis à la domination des Turcs, et sous un chef habile tel que vous, Monsieur le Maréchal, qui les traiterait avec humanité et justice, en respectant leur croyance et leurs usages. Ils seraient plus heureux qu'ils ne l'étaient sous l'empire tyrannique d'Alger, et ils ne tarderaient pas à en sentir la différence. Quant aux Cabiles qui habitent des montagnes inaccessibles, et que la régence d'Alger n'avait jamais soumis, il serait très difficile de s'en rendre maître ; mais avant qu'on parvînt à les soumettre, on pourrait peut-être se rapprocher d'eux par des intérêts de commerce. Il en serait encore ainsi des Arabes Bédoins, qui habitent la partie du royaume contiguë au Sahara ; ces nomades ne payaient de tribut ni à *Alger* ni à *Tunis*, et s'enfuyaient dans des pays connus d'eux seuls, à l'approche des camps volants qu'on envoyait tous les ans suivant l'usage dans les différentes parties de ces royaumes pour lever les impôts.

On a imprimé quelques itinéraires de mon voyage écrits à la hâte, assez mal rédigés, et dont on ne m'avait pas communiqué les épreuves, dans les nouvelles *Annales des Voyages*, année 1830, tome II et III. On pourrait néanmoins y trouver quelques faits importans. Je désirerais, Monsieur le Maréchal, que ma mémoire m'offrît des détails plus circonstanciés sur Alger. Excusez-moi, je suis aveugle, et obligé d'employer la main de ma fille, pour vous écrire. Je finis en vous protestant que je fais des vœux bien ardens pour qu'on n'abandonne pas une conquête que je crois si avantageuse à notre pays ; elle réussira, je l'espère, avec le temps, si elle est conduite par des chefs habiles et expérimentés.

Recevez l'assurance de la haute considération avec laquelle j'ai l'honneur d'être,

   Monsieur le Maréchal,

     Votre très humble et très dévoué

      Serviteur,

       DESFONTAINES.

b TABLEAU DES EXPORTATIONS ET IMPORTATIONS DE LA RÉGENCE D'ALGER EN 1826,

Lorsque ce pays était en paix avec toutes les nations étrangères.

EXPORTATIONS.

Laines	864,000 fr.
Cuirs	456,000
Esclaves	360,000
Grains	288,000
Cire	168,000
Plumes d'autruche	96,000
Huile	72,000
Peaux de chèvre	48,000
Dattes et figues sèches	33,600
Vermillon, acier, airain	24,000
Bêtes à cornes et autres	16,800
Draps grossiers, cotons, tapis	38,400
Total	2,465,200

IMPORTATIONS.

De Livourne.	1,440,000
D'Angleterre, de l'Inde et des manuf. ang.	1,344,000
De France.	1,200,000
De Gibraltar et de Malte.	768,000
Du Levant.	432,000
De Gênes, de la Toscane, etc.	384,000
Des ports du Nord, bois de construction et munitions de guerre.	144,000
De Maroc, Tunis et Tripoli	120,000
Total..	5,832,000
Report des exportations.	2,465,200
Balance contre Alger.	3,366,800

c VILLAGES QUE JE PROPOSE D'ÉTABLIR EN AFRIQUE.

Ces villages devraient, à mon avis, avoir une forme carrée, chaque côté de carré ayant une longueur de 400 mètres, ce qui donne pour un village une superficie de 160,000 mètres carrés. Ils seraient d'abord traversés par quatre rues à angle droit, dirigées suivant les quatre points cardinaux. La largeur de chaque rue serait de douze mètres. Deux lignes d'arbres placés à trois mètres des maisons formeraient une allée qui aurait six mètres de largeur, et qui servirait de passage aux voitures, les contre-allées étant réservées aux piétons.

Lorsque la population se serait suffisamment accrue, les îles de maisons pourraient aisément être coupées par de nouvelles rues, parallèles aux anciennes, ce qui permettrait d'augmenter beaucoup le nombre des maisons.

Les quatre rues bordant le rempart auraient neuf mètres de largeur et seulement une contre-allée. Une des lignes d'arbres serait plantée au pied du talus du rempart.

Le terre-plein de ce rempart aurait trois mètres de hauteur, deux mètres de largeur dans la partie supérieure, et cinq mètres dans sa partie inférieure, ce qui donnerait au talus une inclinaison de quarante-cinq degrés.

Le mur de soutènement, et en même temps de défense, serait construit en pisé ou mieux en torchis; il aurait quatre mètres cinquante centimètres de hauteur sur une largeur d'un mètre trente-trois centimètres à sa base, et de cinquante centimètres à sa partie supérieure.

La berme n'aurait que trente-trois centimètres de largeur, ce qui est bien suffisant dans un pays où les terres sont aussi compactes que celles de la Mitidja, et où on n'a pas d'attaque d'artillerie à craindre.

Le fossé aurait quatre mètres de profondeur, six mètres de largeur à sa partie supérieure, et deux mètres dans la partie inférieure.

L'escarpe et la contrescarpe du fossé, ainsi que le talus intérieur du rempart, seraient revêtues d'un simple gazonnage.

Ces dispositions sont suffisantes contre les agressions des Arabes. Cependant, pour augmenter encore la sécurité des colons et permettre de faire des sorties fréquentes avec la majeure partie de la garnison, je proposerais d'établir à chacun des angles du village une tour carrée en maçonnerie de huit mètres de côté; au rez-de-chaussée seraient les petits magasins nécessaires à la garnison. Au premier étage, qu'on soutiendrait par un blindage fait avec soin, on placerait deux pièces de canon avec des embrasures. Au second étage, se trouverait un parapet pour la fusillade, et des machicoulis qui défendraient le pied des tours.

Il y aurait ainsi, pour défendre le fossé trois rangs de feu, y compris ceux du bastion; chaque tour serait environnée d'un petit bastion en terre de dix-huit à vingt mètres de face, sur six à sept de flanc et vingt-deux à vingt-trois de gorge. La tour servirait de réduit à cet ouvrage où serait placé un obusier de 24.

Les fossés seraient ainsi vus et battus dans toute leur longueur.

Avant d'assigner à chaque colon l'emplacement où il doit bâtir, on choisirait les locaux nécessaires pour le casernement des troupes, les hôpitaux, les magasins et autres bâtimens militaires.

Le gouvernement n'aurait à s'occuper que de la construction des fortifications, qui, à cause de leur simplicité, ne saurait être dispendieuse. Chaque colon devrait bâtir à ses frais la maison qu'il veut habiter, en se conformant à l'alignement qui aurait été tracé.

d LA FERME EXPÉRIMENTALE.

Cette localité a été particulièrement désignée comme un endroit malsain et improductif; il est bon que le public sache à quoi s'en tenir sur la valeur de ces assertions.

Cette ferme fut établie en novembre 1830; elle eut alors toute la protection de l'autorité; les actionnaires avaient choisi eux-mêmes l'habitation et les terres qui sont à 36 mètres au-dessus du niveau de la Mitidja sur le versant sud du massif d'Alger. Auprès se trouve une fontaine qui fournit abondamment de l'eau; les terres sont de très bonne qualité, dans la plaine seulement, mais souvent inondées.

On sema du blé et de l'avoine en 1830. Le terrain fut défoncé, mal labouré en décembre. La récolte de 1831 prouva que le grain rendait 20 au lieu de 3 pour un comme on l'a dit; mais la presque totalité de la récolte fut incendiée par les Arabes, lorsqu'ils suivirent nos troupes évacuant Médéah, en représailles de ce qu'on avait fait à Regha.

Du moment que la Ferme cessa d'être protégée, elle cessa de prospérer; c'est un résultat tout simple.

Si l'occupation de ce poste a été funeste aux troupes, c'est parce qu'on a négligé dans l'hiver de 1831 à 1832, de procurer un écoulement aux eaux qui sont dans le voisinage. Si j'étais resté dans le pays, j'aurais fait exécuter ce travail, et les fièvres n'auraient pas eu lieu.

Cette dernière observation s'applique aussi à la Maison-Carrée. Il n'y a donc aucune bonne foi dans les reproches adressés au sujet de ces postes. Je voulais fonder; après moi on s'efforça de détruire. On a réussi à faire le mal, comme j'étais parvenu à produire quelque bien.

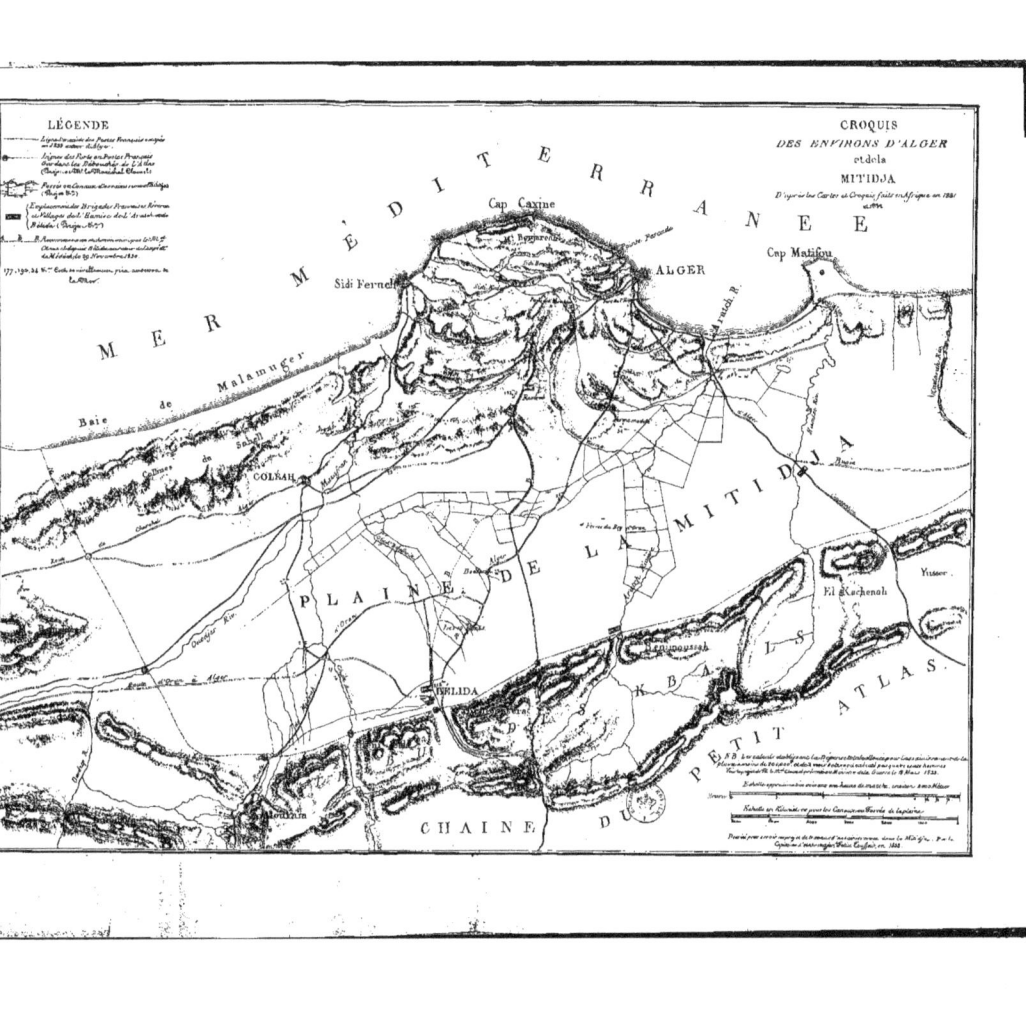

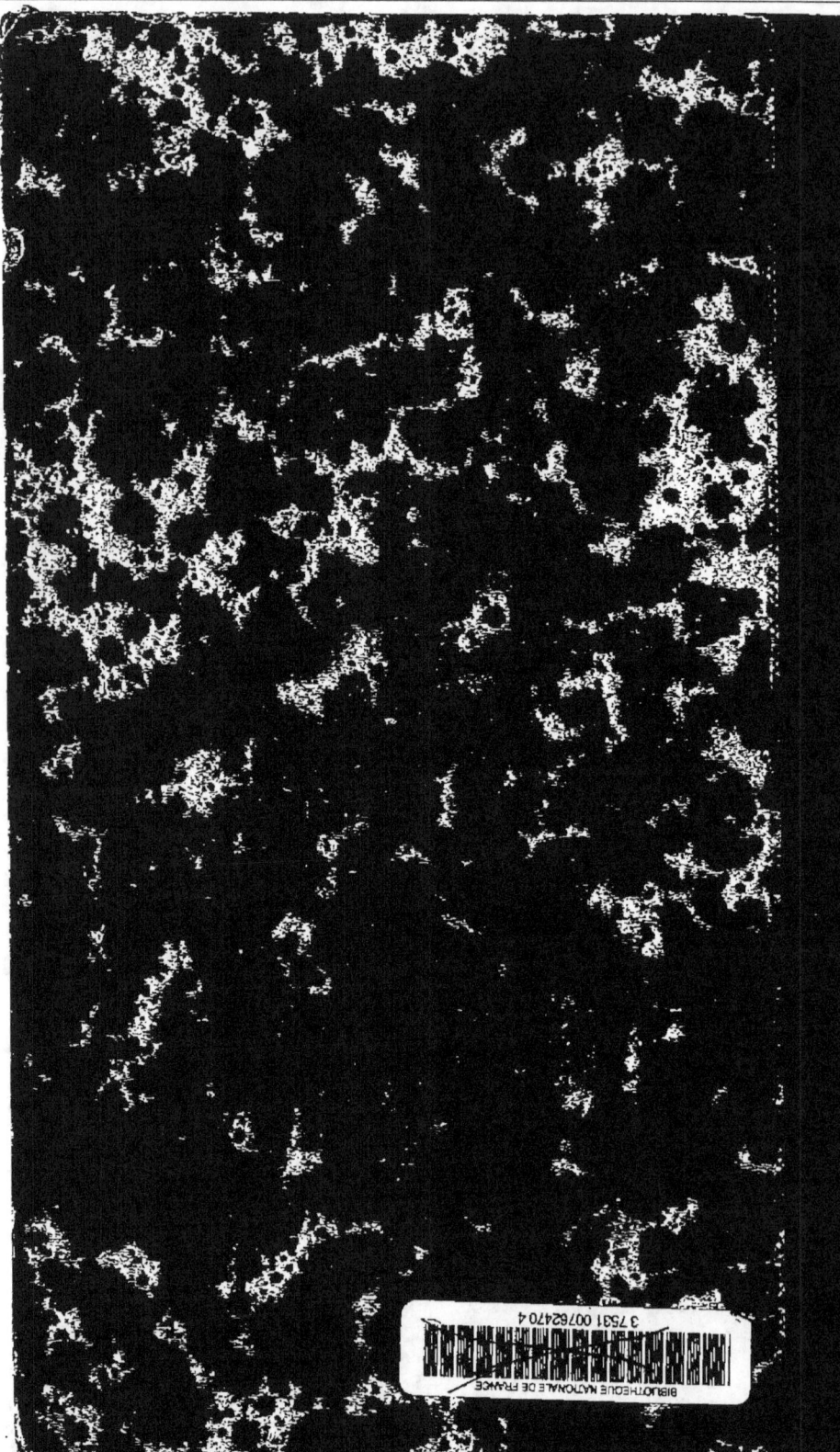